EL PERRO VERDE

Escrito por Melinda Luke
Ilustrado por Jane Manning
Adaptación al español por Alma B. Ramírez

Kane Press, Inc.
New York

Acknowledgements: Our thanks to Dr. Robert S. Bandurski, Professor Emeritus of Plant
Biochemistry, Michigan State University; Dr. Kathleen Pryer, Assistant Professor, Department
of Biology, Duke University; and Marie Long, Reference Librarian, LuEsther T. Mertz Library
of the New York Botanical Garden, for helping us make this book as accurate as possible.

Library of Congress Cataloging-in-Publication Data

Luke, Melinda, 1955-
 [Green dog. Spanish]
 El perro verde / escrito por Melinda Luke ; ilustrado por Jane Manning ; adaptacion al español por
Alma B. Ramirez.
    p. cm. — (Science solves it! en Español)
Summary: While pet-sitting, Teddy uses science to solve a mystery.
  ISBN-13: 978-1-57565-264-1 (alk. paper)
  [1. Algae--Fiction. 2. Pet sitting--Fiction. 3. Dogs--Fiction. 4. Spanish language materials.] I. Manning,
Jane K., ill. II. Ramirez, Alma. III. Title.
  PZ73.L84 2007
  [E]--dc22

                                                                                          2007024354

10 9 8 7 6 5 4 3 2 1

First published in the United States of America in 2002 by Kane Press, Inc.
Printed in Hong Kong.

Science Solves It! is a registered trademark of Kane Press, Inc.

Book Design/Art Direction: Edward Miller

www.kanepress.com

—¡Miren eso! —grité. Había algo al otro
extremo del lago. Era verde y nadaba.

Mi hermana Lizzie chilló: —¡Es un
monstruo!

—¡Hay que seguirlo! —gritó mi amigo Bart.

Pero la cosa verde desapareció.

—¿Qué era eso? —preguntó Lizzie.

—El Monstruo del Lago Esmeralda —dijo Bart muy asustado.

—En realidad, creo que era un perro —dije.

—Oh, Teddy —dijo Bart—, tienes perros metidos en la cabeza.

—Eso me recuerda —dije— que más vale que practique.

Usé mi mejor tono de voz para rogar:
—Mamá, papá, *por favor* ¿puedo tener un perro?

—No pueden decir que no a eso —dijo Bart.

Pero sí lo hicieron.

—Un perro necesita entrenamiento —dijo
mi mamá.

—Y cuidado —dijo mi papá.

—Muchas personas tienen perros —les
dije—. No creo que sea tan difícil.

Prometieron pensarlo.

Más tarde, regresé al lago. Esperaba ver al perro verde otra vez. En su lugar, vi a Will Roper.

Will recién había llegado a nuestro pueblo. Su trabajo era mantener el lago en buenas condiciones para que la gente pudiera nadar y pescar.

—Oye, Teddy —dijo Will—. ¿Por qué estás tan triste?

—Les pedí un perro a mis padres —le expliqué—, pero ellos piensan que es demasiada responsabilidad.

—Demuéstrales que lo puedes hacer —dijo Will.

Esa noche pensé en el consejo de Will.
Luego, tuve una gran idea. Buscaría trabajos
para cuidar mascotas.

¡Así demostraría que era responsable!

¡Conseguí dos trabajos de inmediato!

—Dales de comer a nuestros peces dorados mientras nos vamos a acampar —dijeron los Novak.

—Dales de comer a mis patitos mientras salgo de vacaciones —dijo el Sr. Garrett.

Empecé a cuidar mascotas al día siguiente. Hasta compré un cuaderno para anotar lo que hacía. ¡Muy responsable!

Fui a la casa de los Novak. Sus peces dorados devoraron la comida inmediatamente.

—Este rincón es muy triste —les dije—. Necesitan más sol. Moví la pecera cerca de una ventana.

Luego, les di de comer a los patitos del Sr. Garrett.

—¡Ustedes también necesitan más sol! —dije. Quité la sombrilla de su piscina y escribí en mi cuaderno.

Mi primer día:
Les di de comer a los peces. Puse la pecera en el sol. Les di de comer a los patos. Graznaron. Moví la sombrilla.

Alimenté a los peces cada día.

Alimenté a los
patos cada día.

Y cada día, Bart y yo vimos al perro verde al otro lado del lago. —Ese perro se pone cada día más verde —dijo Bart—. ¡Qué raro!

—Te diré algo más raro —le dije—. ¡El agua de la pecera de los peces dorados y de la piscina de los patos también está verde!

—¡Estás bromeando! —dijo Bart.

—No —le dije—, pero tengo una idea.

El agua de la pecera parece verde. El agua de la piscina de los patos parece verde. ¿Por qué?

Tomé dos tarros y llené uno con agua de la pecera. Incluso raspé algo de la sustancia verde de la pecera. Bart llenó el otro tarro con agua de la piscina de los patos.

Luego, le llevamos los tarros a Will.

—Hola, Teddy. Hola, Bart —dijo Will—.
¿Qué hacen con toda esa agua verde?

—Tengo algunos problemas en mi trabajo
de cuidador de mascotas —le dije—. Estas son
muestras de una pecera de peces dorados y de
una piscina de patitos. ¿Las puedes mirar?

—Claro que sí —dijo Will—. Las podemos
comparar con el agua del lago.

—El agua del lago también parece un poco verde —dije.

—¿Sabes por qué? —preguntó Will.

—Este... ¿plantas? —adiviné.

—No veo ni hojas ni raíces —dijo Bart.

—Lo que ves son algas verdes —dijo Will—. Ellas no tienen hojas ni raíces.

Agarré mi cuaderno. —¿Cómo se deletrea esa palabra?

—A–L–G–A–S —dijo Will—. Aquí podemos
ver las muestras bajo el microscopio.

Bart miró primero. —Esas
cosas chuecas ¿son algas verdes?
—preguntó.

Will echó un vistazo y dijo:
—Seguro que sí.

Luego, miré yo. Incluso
hice un dibujo.

Así se ven
las algas
verdes bajo el
microscopio.

—¿Qué hace que esto crezca?
—pregunté.

—El alimento porque las algas verdes y las plantas producen su propio alimento —dijo Will—. Para eso, necesitan la luz del sol.

—¿La luz del sol? —dije. Agarré mi cuaderno.

—¡Ya entiendo! —dije—. Las algas crecieron porque puse la pecera y la piscina en el sol. ¿Y si las llevo nuevamente a la sombra? —pregunté.

—No tendrás más problemas con las algas —dijo Will—. Pero primero lava la pecera y la piscina y llénalas con agua limpia.

—¡Problema resuelto! —dijo Bart.

—Gracias por explicarnos todo sobre las algas —dije.

Will sonrió. —Apenas empiezo —dijo.

"Oh, no", pensé. Bart puso cara de *vámonos*.

¡Sin la luz del sol, no hay algas!

Pero era demasiado tarde para escapar. Will había sacado una carpeta que decía: ALGAS. Yo estaba preparado para aburrirme, pero la carpeta estaba llena de cosas interesantes.

¡SE RES
MISTER
ZOOLÓGI

Los osos son blanc
Los científicos desc
algas verdes en el pelaj
osos polares y en su pis
Agregaron una mezcla de sa
agua de la piscina.

¡MISTERIO
EN EL ZOOLÓGICO!
¡OSOS POLARES SE
VUELVEN VERDES!
Los visitantes no lo
pueden creer.

Algunas algas son tan altas como un edificio de diez pisos y forman bosques bajo el agua.

Las algas crecen en lugares sorprendentes, como en las cascadas y ¡hasta en los desiertos!

Hasta había una historia acerca de osos polares verdes.

—Mmm, quién sabe.

En ese momento se oyó un ruido en la puerta y ésta se abrió.

LAS ALGAS suelen crecer tanto en la primavera y el otoño que parecen una manta verde sobre el agua y, a veces, es tan gruesa que no deja que les llegue luz a las plantas de abajo y éstas se mueren.

¿COMISTE TUS ALGAS HOY?

Mucha gente no sabe que hay algas en muchos alimentos como el helado, los malvaviscos, la mantequilla de cacahuate y la gelatina.

Toda la vida marina depende de las algas que alimentan a criaturas pequeñísimas. Las criaturas más grandes se comen a las pequeñas.

Hay miles de tipos de algas. Las algas verdes son las más comunes.

—¡Es monstruo del lago! —dijo Bart.

—No es ningún monstruo. Es mi perra Molly —dijo Will.

—¡Y está verde por las algas del lago! —dije.

Todos los seres vivos necesitan alimento para vivir.

—Exacto —dijo Will.
—¡Ah! —dijo Bart.
—Buena onda —dije yo.

¡Las algas verdes pueden hacer que un perro blanco parezca verde!

—¿Se quedará Molly verde para siempre? —preguntó Bart.

—No —dijo Will—. Está a punto de tener cachorros. Después, dejará de nadar por un tiempo y volverá a ser blanca.

"Pero volverá a nadar" pensé, "y llevará a toda su familia".

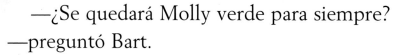

¡CACHORROS VERDES!

Unas semanas después, cuando bajé a desayunar, mi mamá dijo: —Los Novak y el Sr. Garrett llamaron. Dijeron que eres un cuidador de mascotas muy responsable.

—Estamos muy orgullosos de ti —dijo papá.

—Ah, y Will Roper pasó por aquí —añadió mamá—. Quería decirte que Molly es blanca otra vez. Dijo que lo entenderías.

Claro que lo entendía. ¡Molly tuvo cachorros!

—¿Puedo ir a la casa de Will? —pregunté—. ¿Puede ir Bart conmigo?

—Por supuesto —dijeron mis padres—. ¿Por qué no vamos todos?

—Vengan a conocer a Molly y sus cachorritos —dijo Will.

—¡Ah! —exclamé. Eran los cachorros más lindos que jamás había visto.

—Este lleva tu nombre —dijo Will.

—¿Es mío? —pregunté. No lo podía creer.
—Sí, lo es —dijeron mis padres.

—Ya te quiere —dijo Bart—. ¿Qué nombre le pondrás?

Eso era fácil. —Lo voy a llamar Al —le dije—. ¡Por las ALgas!

¡Yo puedo inferir!

PIENSA COMO UN CIENTÍFICO

Teddy piensa como un científico, ¡y tú puedes también hacerlo!

Haces inferencias todo el tiempo. Tu perro llega con una pelota en el hocico. Tu infieres que quiere jugar. Inferir, o hacer inferencias, quiere decir que usas lo que has observado para explicar cómo o por qué ocurre algo.

Repaso

Mira la página 9. Luego, mira la página 13. ¿Qué observa Teddy en el agua de la pecera? ¿Qué infiere por lo que ve? ¿Por qué?

Respuesta: Teddy observa que el agua se pone verde. Sabe que el agua estaba clara cuando empezó a trabajar. Infiere que probablemente hay algún problema con el agua.

¡Inténtalo!

¿Qué infieres al observar estos dibujos?

1.

2.

3.

Respuestas: 1. El perro tiene hambre o sed.
2. El chico probablemente ha salido a andar bajo la lluvia.
3. Probablemente la chica va a una fiesta de cumpleaños.